铁与绸

铁与绸

张炜 著

GUANGXI NORMAL UNIVERSITY PRESS
广西师范大学出版社
·桂林·

摆在他们面前的是爱情、荣誉、自由，摆在我面前的是劳动、屈辱，屈辱、劳动，直到我的生命结束。

——列夫·托尔斯泰《霍尔斯托梅尔》

血勇之人，怒而面赤；脉勇之人，怒而面青；骨勇之人，怒而面白；神勇之人，怒而色不变。

——司马迁《史记·刺客列传》

序

这部长诗终于结稿了，却不能让自己长舒一口气。因为我为之准备了二十多年，竟然只成就了这薄薄一册。这些年来为此所做的笔记，已逾百万字。而它们通向的“目的地”，却只有区区两万字。

这是我心中的“正文”。

它不是言说，不是叙述。它是我不可拘束也不可遥视的高翔之心，一旦进入渺茫与空阔，也就不再回返。

2021 年 7 月 19 日

目录

上篇

下篇

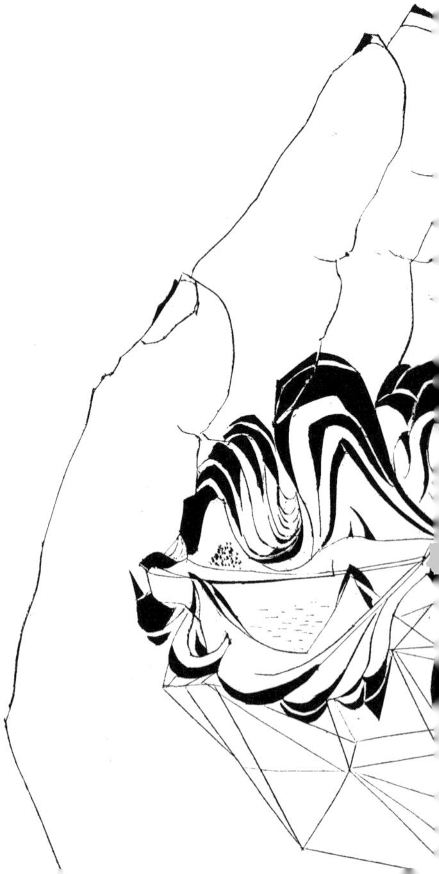

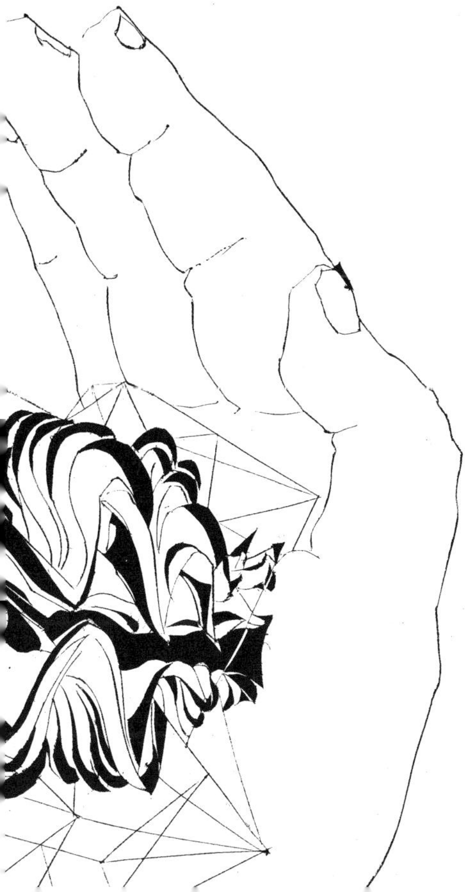

上篇

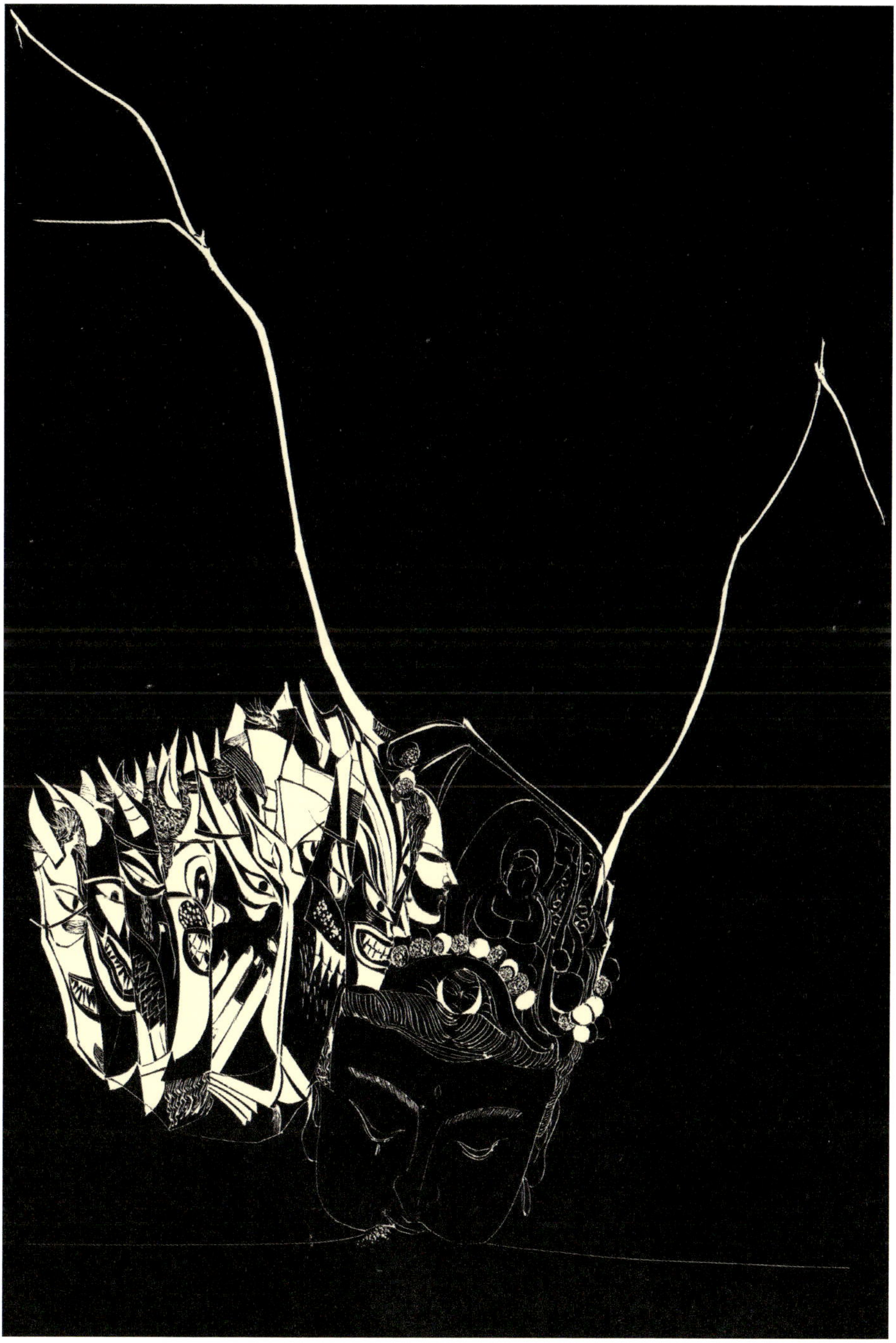

第一章　向东方

一

月亮牵引潮汐，大海的胸口
汹涌的银色再次涨满
那只贝壳还在沙中沉睡
它听不见远乡人大声呼喊
水洇透沙子，水在流失

“我[1]们去恩仇如山的故园
从这座罪孽深重的府邸启程
缝补老背囊，安顿七兄弟”

紫色苞朵像星辰一样闪烁

---

1 “我”为某高校东夷史博士，于暑期徒步回东部半岛，一路勘察齐长城遗址，不幸被黑矿主诱骗于井下。黑矿主之女游历艺术之都，习油画，归来后搭救“我”和另外七名男子。八个人已在地下熬过三年，其中三人升井致盲。

白银颗粒从穹顶沙沙飘落
画板淋漓，浓艳淹过双膝
开裂的骨缝长出一棵蓝色小蓟
粉色柱头溢出刺鼻的药香
一只手伸过来采集

柔滑的丝绸一下下擦拭和抚摸
深埋一千多个日夜的姜石
冰封初解，层层铁锈开始剥落
露出婴儿的娇嫩和胎青
阵阵抽搐，一点点复活
七个形销骨立的裸体
从涂抹的麻布上一跃而起

石头里有远雷滚过的声音
石头剥离，露出破碎的关节
你来得太迟又挨得太近
你听到撞击和撕碎的呻吟
黑夜正忍受尖利的切割
黑夜在烈日下被光掩埋
那支蓝茵茵的小蓟瞬间枯萎
它跪求死的怜惜和生的奇迹

离开深渊就没人爱你
走出绝境就把你毁灭
我们需要更深的夜色和黑暗
我们在噩梦醒来前再次回返
仇恨和毒酒全都装进瓦罐
这是举起和砸毁的亡命时间
我和七兄弟变成一群游鱼
扎入水生植物的根须躲避凶险

二

炫目的火色，三百米洞窟
淋湿的皱褶藏下大把金砂
吃酥岩饼，挖挤扁的山药
拼接一截断开的石笋
挖啊挖啊，什么都别想隐匿
挖啊挖啊，铁指甲毫无怜惜

坚硬和柔细，收缩和躲避
游移惊悸中一阵猛掘

轰轰塌落，突来的静谧
飘逝的脂香和淡淡的蓝烟
碎石中安卧一具汉白玉美人

天哪，四目相撞，惊散逃窜
水罐在蹦跳中踏碎，忍伏许久
从钟乳石下悄悄返回

我们在她身边种下八棵玉米
我和七兄弟轮流浇水
等待浓荫长成，各自约会

一千多个日夜实在短暂
装不下这么多隐秘和狂欢
时而滚烫时而冰冷的肌肤
亲吻每一寸，辨认容颜
你不知来自何方，又为何在此
一声不吭地等待和躲藏

没人知道上苍的诡谲和偏执
将一座地狱做得这般堂皇
炼火让深渊比白昼更亮

到处飘浮矢车菊的灰烬
到处是眩晕的喷射和强光
我不敢说，可是绝不能撒谎
我们在地心有个约会的秘境
我们环侍于绝世的美人
老天，她长得与你一模一样
我们用生命的小尺反复丈量
记住那片小小的田园
记住压在石头下的透明衣装

三

你没有鼻息，日夜昏睡
紧闭双眼，睫毛长长，我们
悉心雕琢一具最美的棺木
在吟唱中完工，轻轻躺下
倒向这张石床，蜷在你的身旁
八个脑廓在凌晨印上湿吻
美梦从椭圆形的窗口一一释放
好轻好轻，像柳絮翩翩飞扬

我们就此升井，粗粝的隧道
涂满肺叶里吐出的金沙
可惜再也没人搜刮这些颗粒
那个永不餍足的家伙已然就擒
他遗下的宫殿改成马厩
留给八匹雄马和一个女神

四

我们抱紧自己的一千零一夜[2]
彼此饲喂，分享梦境和猜想
一遍遍讲述小马驹的往昔
人人倾尽所有，搜尽枯肠
“该你了，随便说点什么
哪怕瞎编一些鬼故事”
罐笼又一次吱吱嘎嘎落下
里面蹲守几只阴郁的乌鸦

---

2 《一千零一夜》系阿拉伯民间故事集：山鲁佐德为挽救自己和他人生命，讲述了一千零一个迷人的故事。“我”与七兄弟在地下度过一千多个长夜，日日相互倾诉。

它们带来虚伪的问候
用一捧馊食换走金沙
我们像蚯蚓一样吞咽
相濡以沫，一遍遍倾吐
直到口干舌燥，掏尽肺腑

我从头讲述老齐国
那座稷下学宫[3]和威赫的方队
国王那双猞猁般的黄眼睛
妃子们那身闪亮的衣装
老家伙死前有多少趣事
还有长腿美女，她们叫齐姜[4]

---

3 稷下学宫由田齐桓公创建，位于齐国都城临淄的稷门附近，为第一座由官方举办、私家主持的高等学府，也是中国封建君主最早最大的政治咨询中心。“致千里之奇士，总百家之伟说。”（宋·司马光《稷下赋》）稷下学宫允许“不治而议论”，齐宣王时代至鼎盛，贤人名流达“数百千人”（汉·司马迁《史记·田敬仲完世家》），形成中国学术思想史上最为灿烂的“百家争鸣”。

4 齐姜，泛指齐地美女。齐国为周朝初年姜子牙封地，姜姓。“委委佗佗（雍容之貌），如山如河（端庄典雅）。”（《诗经·鄘风·君子偕老》）“螓首（前额丰满开阔）蛾眉，巧笑倩兮，美目盼兮。”（《诗经·卫风·硕人》）“彼美孟姜（姜姓长女），洵（确实）美且都（娴雅）。”（《诗经·郑风·有女同车》）“岂其取妻，必齐之姜？”（《诗经·陈风·衡门》）

第二章　古莱国客栈

一

我们进入一条蓝色巨鲸
穿过翕动的红腮和洁白的牙齿
扑来的盐粒将脸庞刺得生痛
趁颌骨再次咬合的间隙
一些小生灵鱼贯而入，一尾又一尾
宽舌是鳎目鱼栖息的温床
正在恣意蠕动和快乐繁衍

头顶是镶嵌的螺壳和鱼骨
脚下铺满古莱国[1]的灰色泥砖
浪花溅湿黛眉，流入深湖

1　东夷，原为活动于山东半岛中东部的一支部族，后建莱国。在周王朝的压迫下，莱国逐渐东迁，最后在胶莱河以东的归城（今山东省龙口市归城姜家村）建都，史称东莱。公元前567年，东莱被齐吞并，成为齐国最富庶的腹地。“十有二月，齐侯灭莱。”（《左传·襄公六年》）“黄县固春秋时莱国，后属齐。”（李白凤《东夷杂考》）

高高盘起的缆绳中闪烁
一簇簇古铜色，那是渔猎家族

黑蓝色的苦胆悬在高处
水雾迷蒙，沉闷的呼号中
永动机的阀门在拉动
更远处是那颗沉稳的心脏
一座隐匿的水宫在移动，星夜
编织一面无可匹敌的巨网

我们踏着羞涩的薄暮出门
看归城[2]环峙的远山，走近
古国城基上托起的巍峨
远逝的蹄音，战车和骏马
闪闪成阵的刀戈和头盔的反光
上苍的城垛和逶迤的宫墙

---

2 归城，古莱国东迁之都，位于今山东省龙口市东南六公里处，是胶东半岛现存最大的古城遗址。城址分内、外二城，内城总面积约22.5万平方米，自20世纪50年代以来出土大量西周至春秋时期文物。

二

“我们需要分住不同的房间”
老板娘一阵赞叹，“守规矩的
好人儿，最后福分总是最多”
紧闭的嘴角隐下诱人的期许
心旌摇荡，垂睫强忍

你一大早丈量虚拟的时光
为老板娘支起画架
记下客栈的旅人和杯盏
主人的长腿和裹头的花巾
棕色的蝌蚪在半空漫游
夷人的风骚溢满四壁
你轻触古老的质感，远近
盯视她洁白坚实的牙齿和
两个深不见底的水潭

你舔一下食指，戳向画布
深陷的赤脚和滚烫的海沙
丛林荆棘和白碱土，咸水

漫过铅云压顶的沙堡岛
一群小鸟在草窝里战战兢兢
当这些粉嫩的孩子头发变蓝
蓝发就拧成一道长长的网纤

眼前这两个女子如同姐妹
长腿紫脉清晰可鉴
眼窝和颧骨，长睫和削肩
斩齐的麦芒和荡漾的湖水
隐隐透出水族的消息

三

血缘之路迷茫漫长
失散的兄妹并肩而行，一抬头
看到岔路口上的齐姜
她们长发披肩，摇摇晃晃
走入老茶沸滚之夜，穿过
落满鸥鸟粪便的客栈长廊

我为你背来地心的石头

我为你藏下防身的匕首
没人敢说出你的名字
没人敢把你的画笔偷走
这是潜入和降伏的时刻
这是野性的斗兽和凶狠的看守
在一个星星漂移的深沉之夜
你起伏的胸部洁白如雪
周身覆盖薄如蝉羽的丝绸

我绕开散落的陶瓷器皿
在沉寂的角落捡起片片鱼鳞
一座浑茫之躯正在追赶黎明
它一边不停地穿越，一边
大口吞下旋转的星辰

四

我是阴郁的孤儿和逃亡者
既无双亲也无近邻
除了一件遮羞的烂衫
只剩下一腔心事半口乡音

手中没有火铳没有利剑
只有几颗地火炙黑的石头
我是一个监守自盗的囚犯
正逃往遥不可及的彼岸

所有猎手都强抑急躁
所有缚获都充满煎熬
一把钝器哧哧磨洗成利刃
一条长廊摇摇晃晃如荡桥
雨滴中伸出顽韧之手
死死拽住一根悠荡的老根
它是致命的牵引，不再颤抖

我踏向一片浅浅的鼾声
拖拽梦游者脚步的
是一道蜿蜒而去的磷光
踌躇回廊，伏在淋湿的墙上
看大河如何刺破海湾
一条孤船潜入夜港

你今夜过于莽撞，终于
叩开那间芬芳四溢的闺房

一个不可思议的女子
睡眼惺忪，坐起，凝神盯视
一个手足无措的东夷男子

一千个长夜让人神魂颠倒
无法抑制按时涌动的心潮
时间一到，它就摇荡呼号

第三章　七兄弟

一

我诉说我忧伤我沙哑
饥肠辘辘，啃食焦苦的石渣
在没有乳汁的吸吮中饱胀
在冰冷的洞窟里汗如雨下
我们采撷，一刻不停地采撷
手握一支干枯的小蓟花
我的兄弟折断玉米，我的兄弟
瘦骨伶仃爬向那道危崖
一遍遍呼唤哀求，我的兄弟
绝望中揪掉满头芜发

为这最后的一思一念
为这细如纤丝的牵挂
那支焦干的花死而复生，泛出
淡淡的蓝色，长茎与尖刺
在苏醒中放射炫目的光华

我们分食它的丝瓣，长出
石头瞳仁和饿鬼的尖牙
我们的咀嚼声吓退泥石流
惊飞一群急切的乌鸦
绿荫渗入岩石，红色
化为黏稠的沥青缓缓流淌
它们汇成一条条脉管
又积蓄为黑色喷涌的矿藏

我们吃枯萎的花和干硬的茎
寻找根部的卵石，石下的苔
一百天的苔藓，一百天的口粮
剩下一百天饮用泥浆流泉
最后六十天搂紧自己的玉米
把每年的结尾都留给睡眠
同时展开的是八场梦境
是殊死鏖战和毒蛇的纠缠
我梦见一座灰色的高塔
步步心惊攀向塔尖

我看到了久违的硕人[1]

偷偷窥视她的白颈，蝤蛴[2]啊

颓然伏向心窗，拉下雨帘

二

身旁是七块卧伏的花岗岩

一株小蓟在夹缝中生长

挨紧那个仰卧的丰腴之躯

渴裂的双唇在粗发上噬咬

分离出一些盐晶和绒毛

猝不及防的乳汁宛如喷泉

滋养满头芜发油亮瓦蓝

我们栽下的玉米永不结穗

埋下的种子在阴间涨满

1　硕人，指齐国公主、卫庄公夫人庄姜；硕，身材高大修长。“（《诗经·卫风·硕人》）千古颂美人者，无出其右，是为绝唱。”（清·姚际恒《诗经通论》）

2　蝤蛴，脖颈白嫩修长如天牛的幼虫。“领如蝤蛴，齿如瓠犀（葫芦籽）。”（《诗经·卫风·硕人》）

骨头相磨的声音是一把锯刀
八个截肢者匍匐向前
粗蛮的前躯和凶狠的手
抓住至宝，谁都别想逃窜

与伤绝对峙的一场狂欢
拒绝分享秘境，拒绝一切怜悯
我们每人怀揣一把金刚钻
往死里干，包揽所有瓷器
只等那头巨兽气息奄奄
这是一次必要做完的工
紧随之后将有一场盛宴

三

从地下到地上，触摸试探
太阳底下到处黑如煤烟
八个人在呼唤中跌跌撞撞
苦寻那片绿荫，那静寂中的
淙淙之声和阵阵芳香
你温暖如春地大物博

你袒露的光泽和沉默的簇拥
玉米的祈祷和胆怯的秋虫
合奏一曲民谣，灿灿露珠
闪烁于安卧的美神花冠

地心的轰鸣不再让人颤抖
撞击的蓝光撒出一串宝石
我们为瞳仁找回一片天空
我们为故国挖出一座老城
手中握住的是金杯的屑末
怀中紧抱的是一尊破碎的鼎
我们日夜无眠，为王朝装殓

四

石门缓缓打开，扫净枯叶
逃离的野斑鸠悄落树上
凌晨时分有影子飘过
那是柔弱的冤魂，带着羞涩
接待那个头戴冕旒的人
他模样像牛，谁都不会错认

齐长城[3]是一具巨兽骨架
拆开，修复，阴沉的正骨师
耗去三年时光镶嵌一只恐龙
那个大家伙，那个大块头
上苍孕育的大而无当的生灵
宏大的事业都要摸黑苦干
将抱怨和诅咒埋入矿坑

黑皮袍拖地而行，没有阴影
没有一丝长叹和惆怅悲伤
大王冢破损的碑石纹路上
渗流出绛紫色的黏浆
神灵派遣壮士守护地宫
从血气方刚到白发老翁
报酬是一件银光闪闪的披肩
还有填满翳片的一双眼睛
此地如此枯冷，没有一丝风
只有八只鼹鼠踽踽而行

3　齐国修筑的军事防线，春秋始建，战国完成，距今 2700 多年，是中国现存最古老的长城。“齐宣王乘山岭之上筑长城，东至海，西至济州，千余里，以备楚。”（汉・司马迁《史记・楚世家》）

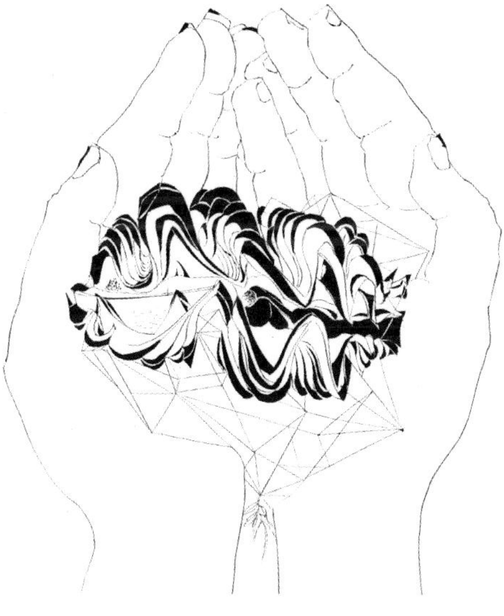

第四章　山楂树下

一

山楂树下藏了一枚贝壳
我知道贝壳里有一湾甜汁
是留给未来的神秘酒浆
山楂树按时吐放繁花，我知道
它正等待每年一次的造访
中秋之夜，树下撒一层新鲜谷草
伸长的枝丫接过黑衣人的缰绳
粗壮的树桩拴好红马
月影下看不见那个骑手
只屏住呼吸倾听一声响嚏
捕捉淡淡的叩击，第二天一早
去树下勘察又深又大的蹄印

全家人摆下一场月亮宴
晶亮的酒杯闪烁小猫的胡须
它不停地舔舐鼻梁，只等

一个无声无响的人由外祖母领回
那个人与月色融为一体，所以
谁都看不见真容，只听到鼻息
他就是死于伏击的外祖父，今夜
为一杯酒披星戴月急急奔驰

那一年海岸涌来无边的青鱼
后面是成排的水母高擎白幡
一个男人在教堂祈祷，而后
回家擦拭一支蒙尘的老枪
这位受人敬仰的医生召集起
平原和山地的十二位义士
他们统领一百二十个马上英雄
在古莱国老城下铮铮立誓

二

我攀上山楂树遥望那片蓝色
急于见到雾霭下的一个人
他日日敲击，要凿穿一座大山
今夜归来只为另一个男人

今夜是月亮最大的一天
时候一到，碎石路就会飞溅尘烟
外祖母把山楂花插进陶罐

一朵小花就是一支灯盏
大树旁的节日格外灿烂
碧绿的忍冬叶织成四季屏风
血红的牵牛引来吉祥的鹌鹑
父亲夸我的双臂和长腿，盛赞
白薯和山药，南瓜和向日葵
雨后沙岗奉献一篮蘑菇
高天云雀歌唱落日余晖

踉跄进门的外祖母脸色惨白
木栅门突然倒塌，群鸟四散
蓝花碗在暮色里尖声破碎
母亲为父亲周身贴满山楂叶
外祖母捂住他赤炭似的额头
“月亮升起前是至危时刻
你纹丝不动伏在那棵大树上
听到远处的马蹄就大声歌唱
一些鬼魅伏在紫穗槐下
那里有重重陷阱，围网和枪”

三

一匹骏马正在追赶月亮
骑手的黑衣衫在冷风里飘扬
我攀上浑身颤抖的树，屏住呼吸
当南风里飘过第一声马嚏
立刻鼓胀双腮放开喉咙
就像大水决堤，浊浪跳荡
一片丛林高举手臂，沙岗战栗
远方的黑衣人勒紧缰绳
一道金色旋风掠地而起

我像厉鬼一样连连嚎唱
一霎时万籁俱寂，月影下
父亲点上一个心形的灯笼
母亲和外祖母手扶窗棂
一股刺鼻的战马汗息飘过
我险些从树冠上迎风跌落
紫穗槐下响起土狼的狂嗥
“我这就拧断你的脖子”

毒蛇的叉舌像烧红的铁条

长臂猿在大树上腾挪跳跃
母亲撞向枪刺，枪刺折断
茫茫林野蹿起十丈火焰
外祖母在喊，她的白发烧起来
她趴在沙子上一遍遍揩拭
她要揩掉手上的红色沥青

四

围网寸寸逼近，最后一瞬
一团飞旋的萤火虫点燃夜幕
将一匹骏马烧得赤色透明
它哧哧燃烧，烈焰中伸出一只手
把我拉进喷吐的火舌之中
它滚动嘶鸣，转眼跃过沙岭

“紧闭双眼，千万别灼伤瞳仁
揪紧马背上飘舞的火鬃
我们这就离开半岛，打马向西
今夜开始真正的远行”
这是外祖父的亡灵在说话

这是他的马和他嘶哑的喉咙
我满脸泪水蓦然干涸
贴紧透明的骑手，抓牢火舌
我们和马烧成一团炽亮的星

晶莹透明的坐骑驰过星河
对岸一马平川烈日炎炎
从此再也看不到那棵山楂树
树下贝壳无人采挖无人照料
清水生锈的日子谁来怜惜

我与无畏的骑手在一起
一生贴紧透明的坐骑
我奔驰我飞跃我两耳生风
穿过黎明又穿过月落星稀
我终生寻觅那个死亡之穴
我的宿命就是种植八棵玉米

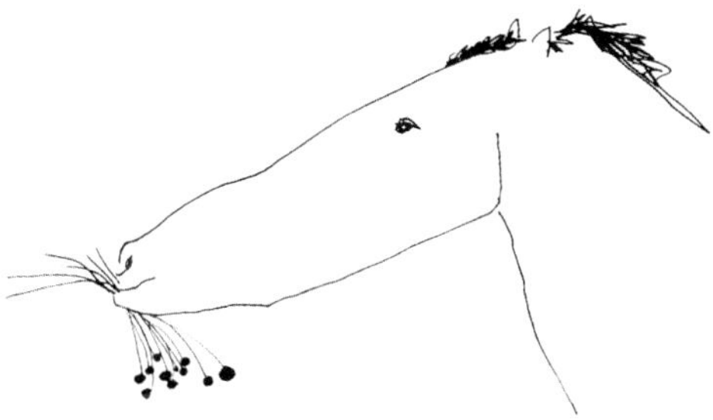

第五章　东夷渔火

一

你轻轻拂起披散的芜发
看我深陷的双眸和
永远抹不掉的阴郁哀伤
我欲言又止，只想独自消受
一片大陆尽头低缓昂扬的
从未歇息的沙岸的嚎唱
我的半岛风在加大，气流
将大把的盐粒涂向双颊

我看见沉默的黑色草芒下
一声叹息从锚链根部爬上来
在船舱稍稍停留，默默躺下
这一夜大风满溢吹个不休
桅杆摇动，一颗心落水
船舷外是蓝色，后来是红色

一条瘦削的舢板趁着墨夜
偷袭蜷伏的海和孤单的岛
水仙花上的钻石被人取走
毛玻璃后面是移动的独眼
夜气磨得热烫，一把粗重的锡刀
守护大鱼在黎明前产卵

在水藻和海麦草的阴影里
梭鱼忙着缝补断裂的珊瑚
它们每个都是小甜心，黑斑族
最喜欢的餐后零食和茶点
蓝鲸在宫阙中打出一串哈欠
屏风后散发出体息的幽香
人世间最宽大最温煦的卧床
摇篮曲伴随丰腴的手臂悠荡

不要问我曲折隐晦的来路
不要发掘血泪交织的故乡
我是让你的催眠术失灵的野人
我是从你淋漓的颜色中挣脱的
一匹永不驯服的荒原狼
我的眼睛里有幽蓝的火苗

我的血管中有冤毒在流淌
谁也无法抽掉我的三条筋脉
一条火，一条水，一条是铁浆
它们铸成刻满记忆的身躯
它们让身躯化为一道强光

我索要我依从，我困倦我哭泣
我正做你危险的随从
在紧紧拥有中无比平庸
你不可让我颓丧和失去
你必须令我深入肉体和魂灵

二

海浪激荡，群鸟喧腾
我的长腿大艺术家激动了
慷慨的嘴巴最适合接吻
绿色的火焰最爱红鲷鱼
快把长绠扎牢，把锁链缠紧
你的奴隶通身黢黑嘴角发蓝
被一支画笔搔得彻夜无眠

我扛起一副沉沉的画框
它套住我的肩，锁住我的颈
好像再次遭遇你的铁血父亲
一道锁链在周身捆绑绞拧
他的青腮红发和下流的双腿
他身后的枯岭和无边的泥泞
他不知道无刃之铁多么坚硬
总有一天割裂华丽的丝绸[1]
让生命的存根簿一笔两清

我随你流放到胶莱河东
看鱼族怎样在砧板上尖叫
做成命中注定的一道荤腥
悲苦的雨林中有两头花鹿
纷乱的根须里有一只瞪羚

---

1 文献记载莱夷人最早发明炼铁术和养蚕术。“铁字古文作銕，当是东方夷族最先发明冶铁术，为华族所采用。”（范文澜《中国通史简编》）齐都临淄与胶东半岛多有冶炼遗址，为中国最早的冶铁基地。

“莱夷作牧，厥篚檿（山桑）丝。”（《尚书·禹贡》）“野蚕自成茧，缲络为山紬（绸）。此物产何许，莱夷负海州。”（宋·王禹偁《黑裘》）齐都临淄为华夏最早丝织中心。

我们要走穿长路，我们要
痛饮清泉安居茅屋

喧声和火把逼退夜色
裸体双踝深陷十里沙岸
海老大高举双手两眼血红
将嗜血的乌贼王撕成两半

它火红的长爪在狂舞
它伸出幽光闪闪的吸盘
它如何粉碎俘获物
它怎样从容地吞咽
它鼓起洁白刺眼的胸腹
它眨动妩媚诡秘的双眼
火炬在绝地一次次围拢
生死之绠一次次折断

三

是谁让乌贼王代代吟唱
是谁砍去渔人的双脚和青杨

是谁把美艳的女奴包裹锦缎
送给猞猁眼和沙漠王
从此溪水断绝，半岛
河流枯干，大地一片荒凉
我们要寻找那个失踪者
她正在焦渴中一路逃亡
她是你的母亲，一只落单的雁

她在雏菊下埋好草戒指
吃下一条河豚，准备动身
去鬼魂中辨认那个俊男
她日夜追赶一个薄薄的影子
她面色凄惨长发披肩

有人询问那个追逐影子，最后
变成影子的东方丽人
鼓鼓的额头和飘飘的绸衫
轻灵的步态和绝美的容颜
她的双脚生出透明的薄蹼
她最后消失在东海之畔
她是归来的一条美人鱼
尖利的毒鳍就是复仇的剑

我们用余生走穿这条长路
我们用沧海洗涤浑身的屈辱
我透过瀑布般的长发看到
你的母亲，她不能停歇的脚步
一朵水仙花绽放在蓝色海面
它如此洁美又如此孤独

四

黑与蓝交织的怒海波涛
一群神鸟叼起半圆形浮标
将水底的闸门留给种子
把投生的日子交付海潮
祭奠和渔猎一起降临之日
成山成岭的牡蛎堆上苇席
沙子和苇荻替代白茅[2]

---

2 白茅，周代先人祭祀时用其铺垫祭品，以表敬畏之心。“藉用白茅，无咎。”（《易经》）“野有死麕，白茅包之。”（《诗经·召南·野有死麕》）

有多少贝壳磨成屑末
有多少死亡涂成彩绘
一代代扛起粗笨的大橹
无根之木在水波中摇动
无尽的泡沫破碎重生
这循环往复的断裂和衔接
这瞬间的飞逝和永恒

我们用故事缝合血缘
品尝那只悬起的蓝色苦胆
只要踏上半岛之路，只要
那条焦躁的脉搏还在跳踊
我们进入一头蓝色巨鲸
它是起点又是终点，它是
再生的长廊，产床和摇篮

我在有盐的风中发出呓语
我在深夜听到哗哗的锚链
我在梦中开始又一场讲述
我在讲述中怒火复燃
船来了，风起了，潮涨了
我们终于等到启航的一天

第六章　颜色颜色

一

你记得他亲手摘下梧桐花
递来水杯的那个早晨
云从彼岸小窗一闪而过
那张焦虑疲惫的长脸，额头
深深刻入的罪愆和痛楚
唯一的怜惜和希望浇在
一棵枝叶纷披的小树上
从第一瓣稚芽到银亮的丝络
从春风扬起到小巧的柳莺
五彩尽染，仙女环列
手捧风信子和璀璨的水晶

从碧水环绕的小岛借来童话
骑一匹栗色小马，壁炉边
听入睡前的最后一支歌谣
你想梦到那扇小窗，窗前

开满铃兰和金灿灿的菊芋花
一个两手捧住苦杯的女人
头上落满干枯的菊叶和花瓣
坐在土埂上自说自话
直到头发从棕黑变成灰白
双脚生根，长出菊芋嫩芽
就这样熬过整个秋天
收菊人将她和秸秆一起捆扎

辘辘车声将你惊醒，梦中
闪烁一双惊恐的大眼睛
那是一对永不闭合的美眸
那是一副被你复制的神情
你呼叫一个名字，伏到窗前
为了把那个秋天看得更清

二

你爱上这里的阳光和颜色
翠绿的北方和紫色的南方
塞纳河，卢浮宫和奥赛

骨肉匀称的少女忘掉饥匮
沾满花粉的细腰伸出长喙
记住一个狂野的男子[1]
爬上灼热的塔希提岛
与土著女子昼夜欢会
颜色浓些再浓些再粗粝些
涂满赤裸的泥墙和黝黑的脊背

泥泞的荷兰，木头鞋和风车
走进那片烤人的夏日麦田
看到一个人的头发在燃烧
一双高颧骨，两眼焦灼
肌肤颜色宛如糕饼
吞食全麦粉，睡在丝柏下[2]

1　法国后印象派画家高更，他因厌倦文明社会而遁迹太平洋中的塔希提岛。

2　荷兰后印象派画家凡·高。他喜欢画向日葵、麦田、丝柏等景物，37岁开枪自杀于麦田。

三

最好的颜色是南方野蔷薇
矮矮石墙垂挂而下的花蕾
哑光的含蓄与封存的珍宝
想到菊芋林的落日余晖
那里轻而又轻的落叶之声
微微的喘息和佝偻的脊背
一双男性的手刻满错乱的纹路
记下所有的狂喜与凶险
遗忘的巷道挖到他乡
记忆的深谷升起不祥的轻烟

管风琴可不是谁都能倾听
纯稚的合唱也不是山风
你品尝啜饮威士忌和冰
去普罗旺斯看紫色薰衣草
打听一个叫塞尚的同道
他的隐居地与哲人的石屋[3]
相隔一片黑松和粟米草

3 德国哲学家海德格尔，晚年隐居于黑森林山间小屋。

老太婆蹑手蹑脚走近小窗
发现老家伙正在苦苦思考

与往事相依的奇异和邈远
合而为一的极限和无限
速朽和不朽做成的闭环
谁能摸到这个环的端点
就握住玄妙与瞬息万变
老豆蔻还在回忆艺术风行之日
那只多毛的手和那支勿忘我

四

生命的集市来来往往
割一块巴掌大的野蜜
边吃边走，赏叹南方小巷
泛着姜黄的墙壁和屋顶
万物享受阳光和安宁
肥嘟嘟的瓦松藏下一支古歌
这是农民和闲散的艺术家
比邻而居的理想之地

五月的暖风不再徘徊
行囊里塞满腊肉和砖头
吱吱叫的心变成一只青蛙
起伏的山峦化为野生的大兽
蓬乱的胡须和干燥的石头
密挤的刺藤和悲哀的老狗
死亡和欢乐那么短暂
一生与一天同样漫长
最美的人都是可怜的孤儿

在画笔和钢钎交换的隆冬
万千忧丝包裹一只蚕蛹
何时化蝶，那场挣扎啊
有飞翔就有撕碎和告别
有火并就有生命的重设
把完美的壳留给来世的一生

终于迎来一个惊心长夜
多少决意和徘徊，游移和权衡
最后做出那个致命的决定
你看到了世上最黑的颜色

第七章　齐姜之美

一

那尚未命名的蓝色巨影
那隐隐无声的苍茫移动
星辰的流泻和生命的归宿
大块的液态的立方体天空
你以仁慈之光回应斜横的银河
你与沉默的时间悄然伴行

你的兄弟是掌管牧场的王
你的母亲是一头深水蓝鲸
洁白的沙岸和黝黑的冲积土
中间是穿刺的激流，一条大河
踏过水的台阶走向阴幽的深宫
在冰冷之域劈开层层丛林
送去华美嫁妆，宝石和松茸
畅饮的日子已经降临，你离开
那个大海的犄角就像一只飞鸟

最后看一眼浅浅的山影和麦田[1]
去草垛边等候和呼唤

他们把成堆的丝绸装到车上
他们夺走你的肚兜和发辫
他们比搏浪的渔人凶悍十倍
他们像成群的饿狗一样贪婪
在染成绿色的手上舔过糖浆
在水和砂的漩涡里泳过千遍
跟随铅锡的烟纱漫流而去
从此到处都是土黄色的山峦
是倒塌的瓦砾和打破的陶罐
酒是浑的，酒在眼睛里燃烧
你想念母亲，你呼叫兄弟
他们在浓云后面，水的后面

鱼女在凌晨三点低低吟唱
肥硕的跃出和潜入，电光

1　莱夷人发明种植小麦。“‘来’为‘莱’之初文，‘来’为小麦之本字。”“此族既以种‘来’得名，则为原始之首先发明种‘来’者，亦即原始之农业民族。”（王献唐《炎黄氏族文化考》）

划亮一片阴沉的靛蓝色
惊扰细软的躯壳和安逸的生长
长长的睫毛，羔羊和肉松
银指环和杯，红醋和饼
垂挂的风干鸡和蘸酱的大葱

二

齐都临淄举袂成幕，挥汗
如雨，斗鸡公子，踢球少年[2]
王子腰悬七彩剑，车队
正迎候一位大名鼎鼎的娇娘
她是莱都闻风丧胆的尤物
曾用一副肥胯征服三城
所向无敌，无论西东，谈虎色变
背部长满人字形的金色绒毛
吞食海胆蛤蜊，饮酒一坛

---

2 “临淄甚富而实，其民无不吹竽鼓瑟，弹琴击筑，斗鸡走狗，六博蹋鞠者。临淄之途，车毂击，人肩摩，连衽成帷，举袂成幕，挥汗成雨，家殷人足，志高气扬。”（汉·司马迁《史记·苏秦列传》）

下肢宛若火红柔软的乌贼

她在齐都停留十个昼夜
豹眼将军被吸盘缚住
一阵挣扎，挺摆，就此歇菜
阴雨天腥气迷漫，椒炉轻烟
木屐在熏香中渐行渐远
一双双长腿将鹿苑震颤
大殿摇摇欲坠，黑脸武士
步子踉跄再也不能挽弓
大臣口含硫黄脸色惨白
老王揩去清涕，看一只纤手
怎样握紧铁锡合金蚌锥
撬出一颗浑圆的海珍珠

老齐国称霸的漫漫时光[3]
东夷百合开得满山遍野

3　春秋之期，“齐桓公九合诸侯，一匡天下，为五伯长，管仲佐之”（《韩非子》）。战国齐威王齐宣王时代，齐国为七雄之首。“齐地方二千里，带甲数十万，粟如丘山。齐车之良，五家之兵，锥如疾矢，战如雷电，解如风雨。”（汉·司马迁《史记·苏秦列传》）

肉瓣根茎掺上鲷鱼肥脂
做成香味扑鼻的黄花汤盅
献给临淄城面黄须稀的先生
城门由鱼骨砌成，窗户
是鱼的眼睛，床上躺了大鱼
一堆丝绸散发刺鼻的鱼腥

三

莱山[4]之阳杜鹃怒放，黄花菜
像南国的油菜花一样盛开
山地阳坡和肥沃的河潮土
到处是采不完的鳞状球茎
后生们携一把小铁铲出门
他们由姐姐带大，姐姐远行
留下殷殷叮嘱："听妈妈的话"

---

4 位于山东省龙口市东南。"中国华山、首山、太室、泰山、东莱。此五山黄帝之所常游，与神会。"（汉·司马迁《史记·封禅书》）"齐八祀，六曰月主，祀之莱山。"（清·顾祖禹《读史方舆纪要》）

老王目色浑浊手扯陌生娇娃
走出稷门，看烈日下的方阵
身旁是身着戎装的高大妃子
双乳间是明晃晃的护心镜
一匹马踏踏而至，带来海讯
今日凌晨夷人收起大网
沸腾的水中哭声好生凄厉
谁都不忍探望，个个痛断心肠
鱼女长发如丝，眼睛海蓝
双乳鼓胀长尾拍打激浪
她杏眼通圆，她泪水汪汪

修筑水宫，迎娶绝世美娘
掬起的夜色是水做的
从此有一个悠悠下潜的国王
宫中到处是活蹦乱跳的鱼虾
它们好比陪嫁的山野黄花
水上宫阙真的遥远，虚无缥缈
一支盐渍浸透的老橹摇啊摇啊
它由老龙王的一根肋骨做成

四

寒光闪闪的刀戟日夜巡行
五颜六色的石子糊满盐晶
一些梦游的裸女不舍昼夜
一口气划到岸边，攀住
水生植物密挤的根茎
狠狠咬住，急急填入口中
这是故乡救命的糕饼

东海哥哥正拉黎明网
隔壁大爷点燃驱蚊香
掘出沙子中的水洗一双亮眼
挖出野地里的菜做一顿美餐
鏊子吱吱叫，等待黄花鱼
瓦罐里装满隔夜的米糕
他的小船回来了，他的桨
放在她的双腿和肋骨两旁

谁忘得了蜀葵开花的日子
熬鱼汤，做指甲大的面果

没牙的老爷爷让孙女喂嚼
她的头发像一匹锦缎闪闪披挂
那个迎娶新娘的巷口
蜀葵下站着流泪的姑娘

银杏树在河东守望三十年
扇形叶落满缴纳的贡品
喜庆的号角响起来，女嫔
神色肃穆站立厅堂，盯住
一群不愿离去的阴魂
姜姓老人拖着僵硬的腿来了
将桃仁糕点分赠邻国姻亲

鼎沸了，编钟和丝竹涌出东厢
这边是没完没了的鱼裳舞
那边是偷偷流泪的齐姜
老臣们困了，只有国王
嘴角紧闭，手握一把痒痒挠

第八章　国王的后宫

一

深秋，大宅男人胡子变红
一边饮酒一边拉动无形的弓
整夜嘟嘟囔囔口齿不清
老仆抓耳挠腮一筹莫展
脏腻的道士失足跌下阁楼
丹丸发出兔子屎的臊气
数一数，送下七粒
伏上野麦枕轻轻啜泣

府邸深深半环低山，热情的
野栗子和阔叶枫从山坡拥来
围观那个黑衣人投下铅网
捕捉吱吱嘎嘎的无辜小鸟
灰色的寄居蟹和长胡须的鱼
长蹼的两栖动物和毒蛤蟆
撒下的一串灰色珍珠项链

嗝逆的气味让人想到鱼骨粉
“道术骗人，所以招人喜欢
只有祖传的虎狼药是真家伙
母狮吞下肚，吼声多吓人”
孤独的王踱到淫荡的西厢
听时断时续的紫竹低吟浅唱

几年前他忽发奇想：“快些
组建一支模特队，去东边
找一些长腿细腰的小狐狸脸”
到处是舶来的枝形灯和长餐桌
大理石壁炉上悬起鹿卢剑
入夜，热烈的蛙鸣压过歌声
他摸黑出门，开始长夜巡行

为俊美的天鹅掘出一片蓝湖
为丑陋的灰鳄挖出一口深井
乌龟打盹，孔雀开屏，老王
趴在缠满紫藤的墙上细细观赏

二

巨垒蛛网下有一张丝楠大床
到处散落宝石和项链
几只笨手笨脚的乌鸫在闲逛
看宫女喂主人稀溜溜的汤水
“我要烤乳羊，鱼翅海参盅
快伸出小手，挠一下牛皮癣”

老王的呼号声声震耳，墙太厚
臣僚们忙着修补狐狸袍
找不到料子，只好缝一块狗皮
整坛猪油都吃光，余下贡品
被几个无知无畏的小厮分享
老家伙[1]那双枯眼一点点熄灭
垂下的丝帘收走最后一线微光

稷下学宫灯火灿烂

---

1 春秋五霸之首齐桓公晚年重用奸佞，被宠臣易牙等囚禁深宫，最后活活饿死。

老祭酒[2]不好惹，早就开溜
他在异国没有好日子过
这边留下一些恣意的黄口
手掌翻飞口沫四溅，顾不得
缺牙少齿的老人满腹经纶

宫中乌贼已经泛滥
翡翠绢帛堆成小山
发疯的妃子把羊粪扬进鼎里
震怒的将军把士兵拴上锁链
火用冰封住，手套上铁环
玫瑰和权杖在头盔旁发霉
珍珠压成齑粉，玉变成灰

三

在冬季打造一座水晶宫
打捞护城河中的光斑，装入
时光的口袋，交给一条大鱼

2　荀子曾经三次担任稷下学宫祭酒（学宫之长），最后还是怅然离去。

漂移的锚拽住一座都城
城内筑起世上第一座女闾[3]
比巴比伦还早五十年
鲁国公子，楚国狂士，赵国
刀客，滔滔不绝的东莱辩才
都来此一醉，颊上沾满胭脂
谁也想不到那个踉跄的瘦子
正是从后宫窜出的国王[4]
他们打个照面，倒也平常

驷马豪车铺上厚毯，酒具齐全
车厢里面红耳赤，一边争执
盐和生丝价格，一边服下
丹丸，掏出一颗东海夜明珠
“这是献给王后的，她吃鸟贝
崩掉一颗门牙，不幸的美人
我认识他的外公和麻脸舅父
两人全都口吃，成天打嗝”

3　管仲在齐国宫内设置的淫乐场所。“齐桓公宫中七市，女闾七百，国人非之。”（《战国策·东周策》）“管子治齐，置女闾七百，征其夜合之资，以充国用，此即花粉钱之始也。”（清·褚人获《坚瓠集·续集》）

4　“桓公之伯也，内事属鲍叔，外事属管仲，被发而御妇人，日游于市。”（《韩非子》）

“你如果有幸去莱都归城
就会迷上那里的牡蛎酱
洒上豆油熏蒸，满碗金黄
有名的滚刀肉生下六个娇女
与王族未出五服，今又入宫
转眼嫁给鲁国公，他老爹
与同父异母妹妹也有私情”[5]

有豪车必有美谈，远客惊叹
一场浩大的演奏余音绕梁
那难忘的一瞬，突然爆发
海胆和水母的惊心大战
冰山如屑，崩裂飞溅，一切
终将停息，红蓝相间的细浪
日夜抚摸铁石浇铸的城垣

5 系民间对宫廷淫乱的误传。真实的历史记载是齐僖公之女文姜出嫁前私通同父异母的兄长齐襄公，婚后随夫君鲁桓公访齐又与襄公旧情复燃，被桓公发现斥责，于是襄公设计杀害桓公。

四

那些隆隆作响的大日子
那场大象穿过针眼的奇幻
而今堆成一座座大王冢
要复活一些老故事，演绎
窒息的小羊和出土的草籽
褪色的丝绸和竹简残片
一支长矛，一串金铂刀币

王子躺在石头和彩陶中间
手持一束乌发和芬芳的刺
沙子下有一滴琥珀泪
不伦的信物和脆弱的血缘
那个比头颅还要小的囚窗上
有一颗活命之星一闪而过

红鲷的影子在海雾中飞窜
从一条隐匿的抛物线上滑过
在小蓟叶子下低低盘旋
发出一声尖叫，长弦终究折断
到处都是纷乱的回响

惊窜的燕子找不到屋梁

我们掘出一撮异样的灰尘
它们在手心里微微喘息蠕动
阳光下看不见这些隐去的微粒
它们是地心里才能闪现的磷
是岁月在深窟中积存的蝴蝶
不再飞翔的翅膀上抖落的荧粉

下篇

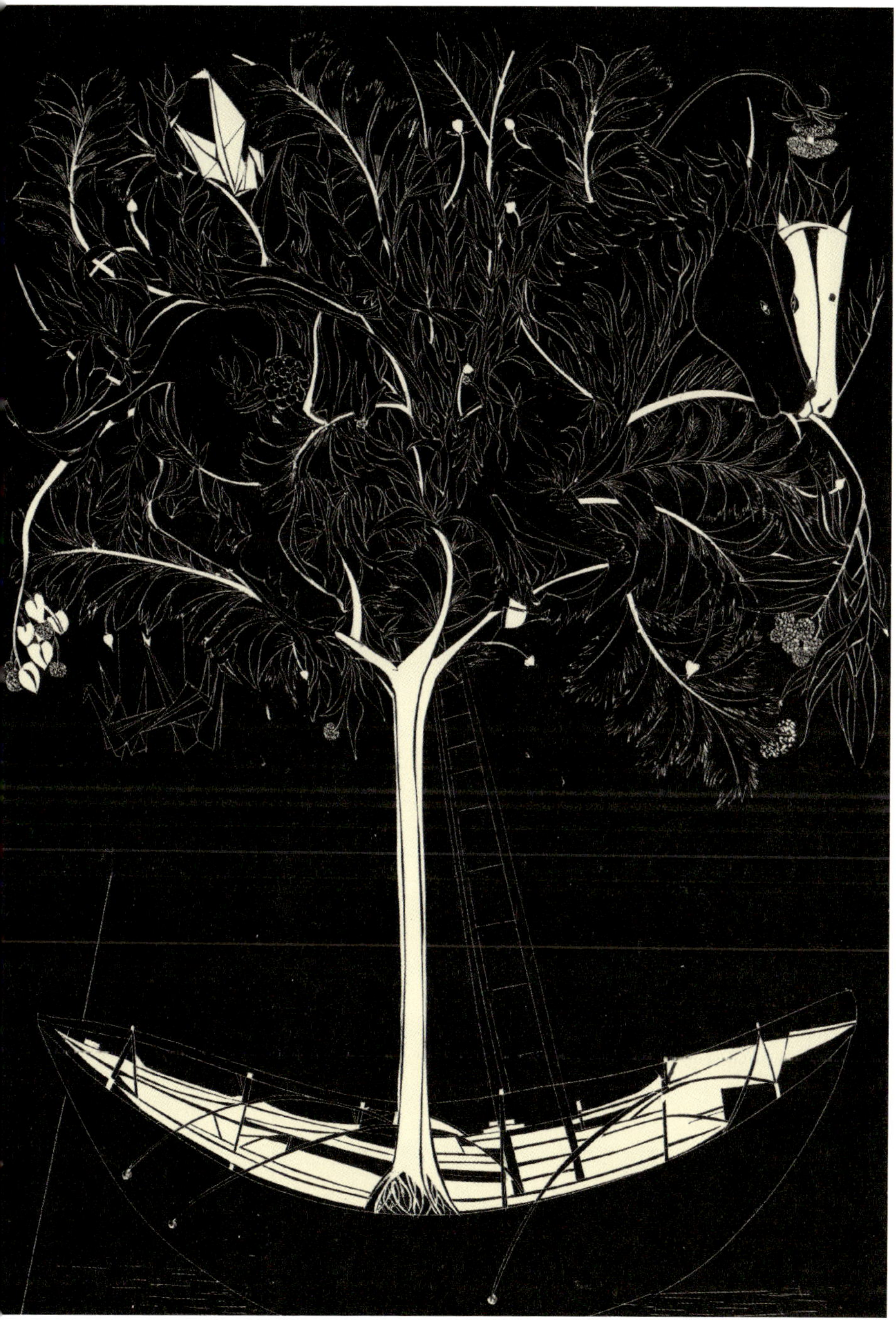

第九章　桑园[1]

一

我终生歌颂永恒的黑色
一层层一簇簇夜的叶子
在你嘴里嚼出浓汁
在你手里攥成一把果实
这是日常的粗粮和开在心上
一朵朵菱形小花的青春
是一队小生灵搬运的墨绿
是压低的云泛出的铅色
流出令马帮垂涎的雨的香味

追踪的小路在脚下吱吱融化
携上泥土断断续续的流淌

1　齐国又为桑柞丝绸业的发源地。“齐带山海，膏壤千里，宜桑麻，人民多文采布帛鱼盐。”（汉·司马迁《史记·货殖列传》）“齐纨鲁缟车班班，男耕女桑不相失。”（唐·杜甫《忆昔》）

在不可隔断的地方被隔断
在未能终止的地方被终止
它通向那个折叠在高处的鸟巢
在阴郁的秘境中沉思和动摇
到处印证风的形状，处子的披发
透明的指头和宽大的臀部
火红的脸庞和水汪汪的眼

莱夷人捡走河滩卵石
在野蒿中弓腰捕捉鹌鹑
鸟儿引他去丰茂的荫凉地
喝一碗藏在鸟巢里的浊酒
陶器是黑的，酒是黑的
叶子是夜的羽毛，让白天
变得郁郁葱葱，羽翼丰满

忠厚的骆驼千里跋涉到莱山
驮走一架生命的精纺机
日夜吐放长丝，透明柔韧
牵拉出一条无可比拟的心弦
从此岸到彼岸，从这端到那端
直抵一片大陆的边缘

二

在火成岩上蜷睡的日子
那不是日子的日子，那些
强光下疾走和生根的时间
你在哪里，你在树上剥着皮
把多余的东西蜕下再覆盖
把甜汁吮下，然后合上双眼
就这样交换乌黑的叶子
每一张都是生命的金钱

层层叠起的乌发让你
不堪重负，拼命挣脱和揪扯
最后把自己缠绕成一只茧
天哪，抱在怀中实在重了些
因为吃了太多银色的丝络
喝了太多闪烁的露珠
谁都无法打开这密织的襁褓
一个个束手无策，大声呼叫

我的前生是一个炼铁匠
你是脸色炙红的缫丝娘
搭一幢蓄满南风的草寮
不必举案齐眉，日日痛饮米醪
井上萱草开得没完没了
篱笆挂满紫色豆角
你为我兴炊，缝制粗衣
我为你搬来一大坨颜料
炭火旁烧烤红薯山药
照料那棵老桑树，繁茂的枝叶下
百发百中的爱人已经睡去
醒来变成一只深色的蛹

三

我在黑色的湖边闷声独饮
端起你梦里闲置的杯子
我在憧憧黑影中辨认和游走
隐入豆荚，蹚过艰涩的溪流
在夜风轻拂的草芒后面
迎着默许和召唤爬上梢头

每一片叶子的丝络都通向
今生给定的情分和缘由
再高些，趁着星星当值
把全部的隐情和欢乐藏好

在顶部贮藏，在根部交换
这是一处扎根的乌托邦
这是一个封圣的女儿国
这是悍王止步的陌生花园
这是鬣狗遗忘的僻地远乡
太阳落进竹篱，清水装入粗碗
那只失群的雁还在飞翔
你紧抱双臂挨过阵阵枯冷
今夜，这若无其事的时刻
一匹燃烧的骏马正在飞越山梁

四

在等待和张望的圆盘上
每人都是围拢蒜柱的一瓣
拥紧与合体的胞衣下

守住共同的草根和卵石
那条古河早已干涸，空留
一道史前的印迹，上苍的泪痕
我们身上只有血没有水
我们等待石化的最后时辰

未来必有一场凶悍的投掷
焦灼的石头就是沉实的武器
我们枯坐岩板，心口收紧
只要能在一起，只要能
将声音压缩成金属的实体
那些不必期待的死去的日子
就会丝丝汇聚，岩浆冲腾而起

木头变成化石，叶子榨出水
弯曲的虫子变成心，花粉
撒上永不愈合的紫色伤口
我们到处找风，两手空空
地心里有炽亮的火，炼火
它的光，它的迸溅与狂泻
将呼号和低吟一起烧成粉末
谁在叩问，谁在等待终结

一个面色阴沉的造山者
把干枯的眼睛填满云母
把开裂的双手塞上石髓

无穷无尽的叶子，沙沙沙
吃吧，无视无听也不再诉说
吃进的都要吐出来，吐出来
用苦难之丝织成斗篷
让更多的人披上它，让更多的人
在此穷尽一生，将叶子食空

第十章　紫烟大垒

一

石头瞳仁结出一层薄冰
洇进枯寂的心河，流过
那片记忆的菊芋和马兰草
在双手的细纹和硬结中
留下白碱土和亮晶晶的芒硝
一只巴掌开始抽搐，再也
握不成拳头，板结抖缩
只等那头喘息的怪兽逼近
摇摆的头颅和翕动的巨腮
拖曳的长尾和鳞片的冷目

哪条路，哪个方位，哪一声
呼救，海难幸存者涌向滩头
躲避腥膻凶险的蹄甲动物
它一路滴落浅绿色的黏液
用叉舌捡食地上的镍币

永不餍足也不会反刍

一些人走进铸花铁栏后边
那个小巧的盛开玫瑰的庭院
从洋装里掏出折叠的鱼肺
从手袋里拿出揉皱的水母
细细翻弄一叠齐国食谱
挑取指甲大的一点酱色
按顺时针方向耐心搅动
等待从东洋飞来的河豚师
看那只戴了戒指的手
将一条黄斑毒鱼化为珍馐

二

冶炼单方压在老族长枕下
咽气前交出，传男不传女
源于古老的恒心和东方的残忍
老人进入冥界，充耳不闻
卫士一遍遍轰赶树上的黄鹂
驱逐后院咚咚奔跑的孩童

严禁一切喧声和谷米香味
坐等那个必要来临的时辰

晚饭花开了又败，圈椅上
端坐一只穿好寿衣的浣熊
小声读出一张废弃的约定
生死攸关的五毒怎样入药
如何在监制下做成一剂膏散
礼成事毕的长号吹响，涌入
一群僧人的紫袍和鸡冠帽
一些闪闪的枪刺和金穗
主角是阳光下的绸缎衣裳
走路颤巍巍，额头发亮

一片湛蓝的沙湾对面
是红穗柽柳掩映的沙堡岛
翩翩鹭鸟和只腿独立的公主
仰首翘望踏踏而来的栗色马
马上跳下一位盛装新娘，只为
最后看一眼岛上的兄长
肥胖的海草屋跑出一群孩子
他们个个如花似玉

从小玩海贝，看母亲结网

层层泡沫漫过泥墙，轰走
河湾和沙岸的鸥鸟，黑的
红的紫的沥青涂满手指
垒啊垒啊，吞下烈酒和大蒜
垒啊垒啊，七天吃一次炸酱面
在深色布条扎紧的扺裆裤下
浮肿的双腿瑟瑟抖颤
垒啊垒啊，在密挤的土洞里
垒啊垒啊，在齁人的菜缸里

三

修长的站街女从西边归来
戴耳环的小伙子边走边吐
他们顶着靛蓝的头发，镀金链
在颈上闪闪发光，臂纹青龙
摇晃而去，回头竖起中指
毛茸茸的地衣和刺眼的雪
绿苔上的血色和点燃的香

嘀嘀嗒嗒的电子晷跌碎了
拍卖的锤子匆匆落下了
我们赶紧走，我们没有家

入冬前筑起一座灰色的塔
在塔顶藏下妹妹的头发
隐蔽的机关由深水古木制成
弹簧是莱山竹，台阶是鱼
贮满成罐的猪油和肥鲈脂
在高处不胜寒的地方穿绸衣
让若隐若现的胸部诱惑
那些慷慨陈词的老年人
他们十分幸福，他们眼窝很浅
他们一拍就哭，有发达的泪腺

所有兰草都悉数铲除，沤在
泛泡的水塘里，等待魔术师
把它们变成一具具小矮人
站在光秃秃的小径尽头
开始一个又一个世纪的等候
这里是改嫁和流放的交叉路口
那辆豪车真的来了，老马识途

你不愿走，你最终还得走

四

垒啊垒啊，指甲压在沙泥下
垒啊垒啊，金丝菊埋在砖石下
一些眸子闪过末日悲凉
去另一个维度行走和飞翔
亲爱的海湾，碧水和白沙
还记得童年的树木多么挺拔
树下的人多么和善，她们
有一对高眉骨和漆黑的眼
生两个酒窝，明眸闪闪

那一页就此翻过，缓缓降落
一层荒诞悲惨的时光颗粒
老饕踏着石英砂滋滋走来
弯腰拣食蛤肉和海草
吞下成吨的寄居蟹和鹿角菜
黑衣鸟响起粗哑的叫声
它们要飞回那座阴森森的塔

摇摇晃晃的影子搬运巨石
丝绸拧成长索，捆绑一串影子
鱼骨粉拌上生石灰和老龟血
蛇形阵随鼓声慢慢蠕动
不堪重负的奴隶打着哑语
小山在脊背上颤动，瘦躯
长出一株小蓟，它似曾相识的
昂起的丝绒柱头等待授粉
没人采撷，蜜蜂不来这棵
芬芳而孤独的小花跟前

巨垒落成，一场浩大庆典
从河西和海北空运新鲜的洋蓟
比牛眼还大的樱桃，花男绿女
叮叮当当汇集海滨平原
在海浪的伴奏下放起低音炮
爱是多么稀缺的贵金属啊
那些小辫男和光膀子的女人
在台上声嘶力竭地号泣
全是欺骗和扯淡，只为赚取
老族长那几张大面额的冥币

落潮之侧有一只洁白的水鸟
一枚深黑的水晶与之对视
它们默默诉说生死离别
它们用空寂转达万物缘起
水漫过的石子像一块心肝
水用自己的方法表达疼怜
水将洗涤沙原和整个世界
水最后还要洗涤自己

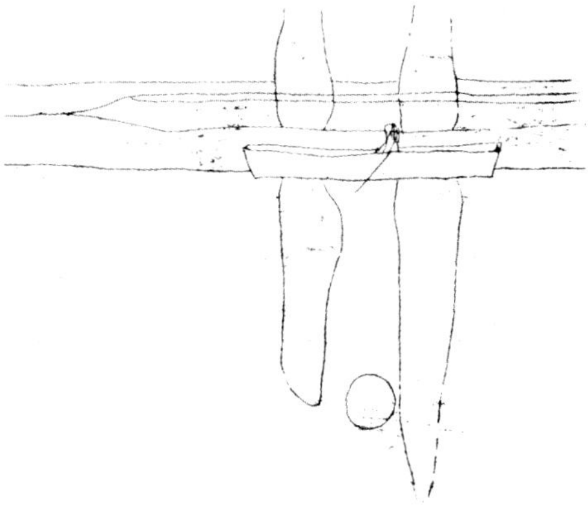

第十一章　仇敌

一

你不再跟踪那个致命的吸引
它隐在深处，在古莱国腹地
你知道发生的总会发生
呈现的必要呈现，齐长城
在光阴里塌成一线残垣
那些遗弃的块垒每到阴雨天
就散发呛人的腥气和异味
泛出干枯的鸡冠花的颜色

我的疼爱只是一个借口
只要有借口就有生活，就有
流淌的岁月和难忘的恩仇
你告诉我为什么怦怦心跳
什么是惧怕，什么是不义
什么是与重生相差无几的
合而为一的萌发和再生

什么是脸色苍白和坐而待毙
什么是两手空空与志在必得
那把锋刃在风中响了一夜
那忍住的呼叫震落满天星斗

只有长长的沉默才能回答
只有一片片垂落才能跌破
一层纸在颤动，一根弦在断裂
一颗心跳上狼尾草的顶部
让水流过石头，让石头
飞回花岗岩母亲怀中
这条路通向一座迷宫的隘口
它属于男人和自己的家族
它是外祖父那匹烧得透明的马
长鬃喷吐火舌，炽亮的光团
在平原和山岭跳跃，前肢陡立
拒绝一切传说和概念化的悲剧

卑怯的伏击者化为污迹
土狼的头领还在苟延残喘
我要看到如数终止和完结
死亡的深痕烙上它的额头

二

在红色沥青铺就的路上
锦缎包裹的四轮华车喜气洋洋
有人一边掷骰子一边饮酒
直到驶入存放族谱的地方
直到额头生出灰色的苔衣
身躯发出破碎的嗞嗞声，车轴
在溶解的黏浆中挣扎断裂
秋蝉停息，烟气吝啬地消散
熏人的气息刺伤荒凉之秋

拆下所有的轮毂，化为铁水
铸成一个青魆魆的巨鼎
上面刻满蚂蚁和蜈蚣的铭文
用米醋洗过，用红泥密封
里面的幽灵像糙米饭一样隆起
为了给老野猪庆生，他们
杀死一群百灵鸟和红腰雨燕
杀死仅有的一只四声杜鹃

时候不到，时候刚到鱼肚白
睡眼惺忪的渔人正在煮盐
柴草太湿，点火太难，浓烟
呛得他们泪水涟涟，无法回应
无法指点隐入晨雾中的小路
看不到束紧的衣装和苍白的脸

三

沙子从嘴唇流走，从黑壤里
一颗颗剥离，又落入眼中
在无光的地方捡起石头
在岩层的底部急急奔走
一阵恐怖的低嗥来自那个
肋骨裸露双目凹陷的投石者
像鲜花一样淋漓的悲绝
如沧海一般缄默的黑夜
合成一片薄薄的疾飞的铁

磨洗的日子里，酒杯碎裂

大地于枯萎中回到原色
简单的水陪伴一日三餐
落叶的枝丫等候苦雨和冰坨
吠叫声消逝在山的另一边
小船凝在滩涂，期盼一把火

这条孟浪和决意之路实在太长
停留和喘息的一刻，缄默者
狠狠地刺下去，刺入折刃前
刺入颤颤欲坠的爱惜和疼怜
颜色在最后一瞬全都相同
颜色在同一方向飞驰和迸溅

四

阴冷的空穴有一枚沉沉的铅丸
那个屏息静气的丹炉之子
恭候面色蜡黄的长者
他周身像风一样轻松和透明
在眩晕中一点点倒下，躺平
只等那个账房先生的灰衫飘过

脚步消失在小猫探头的巷口
木槿花无声无息缀满枝头

勘测的耐心全部烧成灰烬
碎屑的收集需要更大的耐心
要在锈水中摸出黑色的种子
要在灰烬的根茎上分离水银
珠粒滚滚急于隐匿，每道纹裂
都通向那条荒疏的老径
循着它找到兽蹄和毛发
腥膻藏在蜷曲的蕨叶下
要提防鬣狗和土狼的掏肛术
记住绝美的花鹿和羚羊的血

比老式马车店还要大的木床
比苍云还要厚的一堆败絮
堆积几千年腐臭的脂肪
眼花缭乱的导管正在计算
沙漏中的沙子即将抽空
垂死的小虫团团旋舞
它们在微小的空隙中穿梭
它们吃微尘，不同于蚯蚓

它们无性繁殖，就像时光
就像那道虚无和斜横的河床

多情的旁观者拥挤不堪，叫喊
他们呼号不已，热泪盈眶
不知是快意还是大失所望

五

浓云拧干自己的水分
小鸟悄立树梢，不再殷勤
谁在千古蛮荒中披挂鲜花
谁在失声恸哭时边走边吟[1]
当它化为一条呜咽的细流
当它变成一只飘零的纸鹤
豌豆开始膨胀，怜惜生根

只要种子不死就能结出籽粒

---

1 “扈（披）江离与辟芷兮，纫秋兰以为佩。”“长太息以掩涕兮，哀民生之多艰！”（战国·屈原《离骚》）

只要玉米活着就能找到黑夜
只要黑色蓄满就有无边的快活
只要深井不塌就能等来苦泉

云彩驮起一片往事，河水
去远方流浪，永不回头
它在浩渺之地交给苍寒的大海
它在最后的消融中变得心硬
大海收留了我们的苦涩和咸味
大海积蓄了我们的血汗和头发

第十二章　锻剑

一

只有这座废墟能容下这些茧
只有这些茧能记住这座废墟
无法窥测的不测之井干枯了
幽深处听不到水滴和蛙声
捞不出一条闪亮的东夷之鱼
淤泥里充斥着珍珠和鲨鱼骨
还有玳瑁和长尾虎头鲸
无数的青春掉进这条峡谷
所有的不幸都冠以爱的名义

第一把剑泛着灰绿色
就像一条死去的青鱼
用来淬火的是一头黑牛的血
擦拭锋刃的是十二只蓝点颏
小鸟用死亡换来一场惊艳
监工的老臣跪了七个昼夜

黎明前归去，死于膀胱破裂

用山菊和大丽花的汁液
搓洗十二个扎朝天锥的娃娃
他们只吃红小豆和百合根
双手合十坐在青烟翻滚的炉边
雷声隆隆，一只白鹇从头顶飞过
当空蹿起一条刺眼的金蛇
一霎时夜幕四合，大地陷入昏暗

哀声像海浪一样渐渐平息
广场上坠落一片灰色大雁
陡然绽放的盲童之歌里
一只青魆魆的宝剑开始冷却
年轻的东夷王正冠，缓步而来
身后是几个神色肃穆的老臣
他们捧着烈酒，酒中是猞猁胆

二

精美的剑鞘含羞以待，饰有

绵帛花纹垂挂金色丝带
快些入鞘吧，为一颗倔强的心
为明媚的双眸和藏锋的腔
最锐利最怯懦的是开刃的铁
最坚韧最无畏的是绚丽的绸
它们合在一起，它们正欣然切割
它们合在一起，它们作垂死欢歌

那个目如鹰隼[1]的家伙试遍
庭院里的花朵和嫩茎，收割
无边的黄色和蓝色，不停地割
给炉膛里的陶俑和巨鼎加火
远方，飞越千里的铁骑凝于城下
雪和刃散发同一种气味和光泽
冕旒在雨雾中发出呻吟
天地间迷漫起土狼的腥膻

在挥舞和撞击中，在西风中
裂帛的声音让人浑身战栗

---

1 “秦王为人，蜂准，长目，挚鸟膺，豺声，少恩而虎狼心，居约易出人下，得志亦轻食人。”（汉·司马迁《史记·秦始皇本纪》）

光阴的湖泊漂起绝望的脸庞
时间的河水淌过无声的死亡
根须在土中抓紧焦干的卵石
渔夫在海里抱住破碎的沉船

书记官每年深冬都要宣讲
卧薪尝胆的犁铧和磨钝的镰刀
那年月没有一滴老酒可以品尝
山石裸露，旷野铺满白霜
严酷的季节加紧淬炼
轰走乌鸦，埋下骨殖，跪祭上苍
捧上最后的一口水和一粒粮

四处寻找能够熔化顽石的人
张开胸扉，吸满大海的悲风
汇聚起无边的愤怒和深冤
握住的是一把冷却的火
依仗的是一颗炽热的心
好吧，终于等到尝试的时辰

它比斑晶岩还要坚硬十倍
比河滩上的卵石还要顽韧

纵横斩削火花四溅，老鹰的
黑色巢穴从崖顶一路跌落
精美的剑鞘已在那里等候
它们最终合而为一，相互拥有

三

你褪去披裹的华美衣装
剥掉这副精心打造的盔甲
就像一粒裸露的透明的果仁
浑身溢满欣悦和刚决的战栗
好一个初生的精灵飞出谷底
掠过那片矮矮的山毛榉
用火炙黑没有尽头的长路
用生命的咸味腌制闪闪的犁铧

当东风把紫丁香的消息送达
已是姗姗来迟的五月，盛春
赠予我们空虚，赠予一把
火星迸溅的锋刃，在小蓟花
粉丹丹的丝绒上刻下誓言

听绿色的风怎样诉说繁华，听
那颗刺穿的芳心如何低吟

光荣掩埋在流沙底层
锈水灌满屈辱，丝线上
爬满蝼蚁子孙苍白的虫卵
那些昏沉中丢弃的发霉的日子
黑衣人把一条红鲷抬入宫廷
稀疏的胡须不再言说异象
勇士的口诀串成念珠
大鱼的鳞片包裹真金
兑现诺言的时刻迟迟不来
伤绝的阴影在廊柱下久久徘徊

将所有的奴隶拴上锁链
把喋喋不休的贱妇填入炉膛
走漏消息者一律缝上嘴巴
成串的观礼官唯唯诺诺
揩着清涕赴宴，鲁国大夫
干瘪的肚子咕咕叫唤
壮烈的北风还在路上，还在
吹送那艘乘风破浪的战船

这里寒冷彻骨，这里没有光
这里是一切光的墓地，是深渊

四

你从芜草里摸到温热的巢穴
你从浓叶下摘取结籽的石榴
那些噬咬的牙齿闭合了
那些吞食的凶兆隐遁了
可用的光阴只剩下指甲那么大
挣脱和离别的一刻就要来临
感激冶炼的匠心和仁心
感激美轮美奂的丝帛之鞘

收藏了火与血的精魂，它
安睡在水做的卧榻上，一支
娴静的莲花为它一遍遍沐浴
那件轻柔的绸衣脱向绿床
那颗滚动的珍珠告别蚌壳
我们品尝清晨的稚芽，尖角
渗出灿亮的泪珠，小鸟

衔来滴滴晨露和林中讯息
没有一丝风的心的涟漪
让一只小船隐隐地颠簸

行前的一餐没有一粒盐
只有平淡的目色安慰蓝鲸的心
蹑手蹑脚的儿子和假寐的母亲
即将失去的窝巢和弃绝的花苞

这是一次从未有过的飞翔

第十三章　放逐的王

一

杯子移开时，水已倾尽
透过悬置的黑色和红色看过来
是一双阴森森的宿命之眼
是高枯冷寂之地的诱唤
那胁迫柔软的口气，吐露
令人胆寒的讯息，杯子移开
所有的杯子都不再属于饮用者
从此走入公元纪年的重要时刻
是杯子不再成为杯子的时刻

双王相会[1]的日子并不遥远
高原佳肴和击缶拍股的宫乐
让一张疑惧的脸庞如花绽放
乘兴而歌，拍打随身的鱼鼓

1　公元前237年齐王建朝拜秦国，秦王嬴政于咸阳宫设酒宴款待。

分尝银壶中倾出的精盐，拇指
触摸鱼肝和蛇胆，赠妙女一打
贴身伴奴和百匹精纺帛绢
楠木匣里的一对雌雄宝剑

花园挂满雄性野猪的鬃毛
僵固的树脂和血红的目光
玫瑰上的刺不再尖利，刺旁
一摊碧蓝的水渗入沙子
到处是干结的印迹和一团团
挣脱的毛发，闪亮的碎屑
一些声音跟上眼睛飘走了
一双眼睛藏到屏风后面了
所有的水都被粗蛮人取走
所有的瓮都被铁蹄踏破
那些人讨厌钥匙，弃绝门环
那些人用牙齿和脚对付丝绸[2]

齐王去应许的五百里山川[3]
深宫辎重，鹦鹉和夜明珠
随王后和宫女一起迁出稷门

---

2 公元前221年，秦国大将王贲从北面攻入齐国，秦军铁骑踏破临淄。

3 “秦使人诱齐王，约封以五百里之地。”（宋·司马光《资治通鉴》）

一路向西向南，向北复向西
腥咸的风越来越远，黑云展开
倾斜的巨翅遮住鹿苑

二

在古泾州的沟壑里昼夜辗转[4]
猫头鹰的叫声吓死鹦鹉
林野出没的豺狗成群结队
国王的卫士腹胀如鼓
一群殷勤的宫女彻夜未眠
王后醒了，梦到一只秃鹫
那双凶狠的眼睛如同秦王
它在齐宫踱步，搜寻一只丹炉

鹦鹉咽气前对王后言之凿凿
说出奸细和逆贼，乱伦者

4 “齐王遂降，秦迁之共（古泾州，今甘肃泾川北），处之松柏之间，饿而死。”（宋·司马光《资治通鉴》）

那个长须飘飘的西部宾客[5]
身藏贿金，用一串小钱
买通照料夜壶和熏香的婢女
让忠耿的儿子饮下河豚酒
让英俊的武士服侍玩蛇的人
最毒的土鱼针刺中谦卑的男子
从此失去一个深思熟虑的老臣
鹦鹉呜咽，“王后，至尊的王后
看在即将死去的份上，请原谅
我在黄昏时吐出的满口淫荡”

“你是一只聪明正直的鹦鹉
我见过的最顽强最忠诚的羽类
我将为你打造一座体面的坟茔
四周栽满缬草，砌一圈卵石
碑文刻上你的纯真和忍辱负重
你的日日夜夜，你的高贵血统”
“伟大的王后我听得真切
终于可以放心地离去

5 “齐人怨王建不早与诸侯合从，听奸人宾客以亡其国。”（宋·司马光《资治通鉴》）

至尊至美的丽人儿，让我
为您不老的容颜祈祷和祝福”

在无法饮用的浊水和乱石旁
在威严冷肃的松柏之侧
一颗哀丧的心像苔藓一样剥落
手上的宝石生出霉斑和虫卵
戴胜鸟在近处踟蹰，摇动头颅
啄食秃鹫扔在草中的指环
刀币被乌鸦叼走，长喙染绿
金闪闪的钉扣散落一地
仆人们与蚂蚁争食几颗米粒
他们一边捡拾一边抽泣

阴阳师手持刻满命运的铜盘
从一团混沌中勘测吉祥
“臣有罪，臣看到一只大瓮
黑咕隆咚，我们像一群老鼠
在严封的死穴中等待和游动”
“何为等待，前方以及日后”
“没有日后，只有黑色的世界”
“我的乐队，我的臣僚和众妃”

“看不见了，一切都在瓮中”

王子饮下米酒，赶走阴阳师
呓语吓得帐内一片唏嘘
“一位智者曾对先王说过
女为贵，君为轻，社稷次之”[6]
“君王记错了，是‘民为贵’
剩下的东西实在不多，请君
手头收紧一些，节制酒色”

三

未来从碎石中挑选我的名字
从一片粟壳里找到一绺头发
在散落的松针下摸到簪子
在河底淘洗零乱的牙齿
美梦变成干鸟悬上铁青的枝丫
等候那些灰心丧气的猎手
它的魂魄苦苦跋涉，返回半岛

---

6 “民为贵，社稷次之，君为轻。”（《孟子·尽心章句下》）

同行者是一头中箭的野物
一只折翅的隼和一只风干的鹞

那只索要的手举在半空
没有杯子递给他，没有鸟
衔给他一枚石子和松果
发出呜咽的不是风也不是河流
这里什么都没有，这里只有
枯冷的山冈和按时降落的寒夜
在昏沉的襁褓里睡过四季
睫毛变成雏菊，没人采摘

天空飘飘洒洒，垂下黑丝
将王子和王后做成一双蚕茧
这里太荒凉，没有一片桑叶
“我什么都看不见，依稀听到
韶乐[7]飘来，笙和琴，筝和磬
又是她，那哀而不伤的吟唱”
“君王实在记错了，再说一遍

7　传说为舜所作，“有虞氏舜作《大韶》之乐”（《竹书纪年》），夏、商、周三代均用于国家大典。“韶乐”入齐后吸收东夷乐舞，表现力空前增强。

不是‘女为贵’，天哪，天黑了”
“天黑了，那家伙，那个丧门星
说得一点不错，我们都在瓮中”

王和王后不再醒来，浑身赤裸
一群干咳的乌鸦赶来送行
瞻前顾后的豺狗走走停停
它们挑剔而又愤怒，极不耐烦
齐国人连死都这样麻烦
他们像猫，咽气时躲开所有人
找一个最隐蔽最寂寥的荒岚

四

你忘不掉一千个诉说的夜晚
你记住那些救命的语言
在三百米的地下邂逅
在坚硬的石壁上开凿
每人胸口长出一片摇荡的草
中间是一棵直挺挺的鳞茎
一个小巧的苞朵慢慢生成

我们用泪水浇开它的蓓蕾

深处的深处有一只秋天的杯
盛满贪婪的种子和狂野的心
这里没有放逐只有囚禁
这里有八个奴隶服侍女神
这片花园种下了八棵玉米
玉米下的小蓟闪闪如星辰
花丝上的每滴晨露都得到采集
巨大的瓮里只有欢歌没有叹息
大地和天空早已连体，这里
硕大无朋，永不拥挤

第十四章　登岛

一

一块沉沉的铅放上眼睑
一绺头发轻轻移开，他们
用干枯的扫帚一遍遍划过
没有草屑和落叶的庭院
那扇在风中一动不动的窗
那只黑鸟短短逗留的枝干
婉弱的丝织品飘一下，接着
追赶天上的纸鹞，在云中消散
偏僻的故事走向尽头
被一团喧声堵在路边

低气压送来一堆灰色的石块
垒积在篱笆墙边，一些藤蔓
根部的芽被挤压和闷死
这里的春天静悄悄，这里
徘徊着几个令人疑惑的恋人

我们一起登岛，看大海中
一粒顽石，一个小小的句号
一枚戴在王冠上的血色钻戒
他由此西行，揖别五百壮士
用一条淋漓的金属薄片划下
颈上的一道细痕，浅浅的[1]

汉王之诏踏浪而来的凌晨
撕裂最后一匹锦缎，击碎宝鼎
用中原街市的阳光细细沐浴
清洁之流漫过周身，漫过颌下
取过那把嗜血的王室之刃
斩断绵绵延续和无尽的纠缠
攀上不可企及的高音区
那首一直由韶乐伴行的咏叹
凝固成一座墨绿的翡翠山岚

---

1 秦末群雄逐鹿，原齐国贵族田横与其兄田儋在齐地自立为王，败于刘邦后田横率五百门客逃亡海岛（田横岛，位于今山东省青岛市即墨东部海域的横门湾）。刘邦称帝遣使招降，田横在赴洛阳途中自刎，岛上五百门客闻讯挥刀殉节。

二

你追问这至悲之时的幽思
一些生灵必要坚持的执念
独守的自我，王室的血缘
能否涂满粗韧的画布，在调色板
斑驳的色系里，它们的光谱
究竟使用赭石还是朱砂
那一团团一岭岭叠放的长丝
日夜吐放的心迹莹光闪闪
那种水滑细腻纤弱，以及
柔柔可人诱发深情的触感
让岁月的白发如何繁衍

多么完美和惊悸的许诺
多么柔长的心迹，这纤纤
韧韧的流淌和牵拉如此绵长
睫毛落满霜尘的那一天
仍在徐徐吐放，不会止步
且静下来，默祷中为之献上
一朵颤颤的挽留和恐惧之花
它的名字叫鸡冠花，叫墨菊

一朵想到生之原色，另一朵
想到凝固和封存的咸咸的液体

当一个人踏入孤独的岩石
就开始无边的包围和剥蚀
岛与岛的结盟，心与心的怜惜
激扬的水花还是投放的霰屑
未平的心潮还是不绝的诉说
谁来诠释这孤单的一粒
谁来打探这悲凉的消息
只是无法拒绝造访的失群鸟
它和夜色一齐唱起哀歌
它在这里找到床，放下长喙

银屑奔涌的光与水，浪与岛
热烈的冲撞和轻柔的回荡

三

上苍拒绝时光之船驶入港湾
滑腻的石花菜绊倒渔人

尖利的石块割伤紧扣的脚趾
拂开泡沫，在海岬的阴影里
阵阵喘息宛如一头偷蜜的熊
冷风彻骨的停歇中牙齿磕打
长长的更道上响起小心的提醒
长长的，就像懒老婆的裹脚
到底是正剧还是悲剧，或者
就是一场接一场的闹剧

显而易见，它有正剧时段
每一幕的间歇夹杂荒诞
正剧太短，极短，短到忽略不计
闹剧和滑稽剧更多，正演着
哇哇大哭，大放悲声，悲剧
猝不及防地发生了，然后
一直演出悲剧，悲剧，悲剧

哪个堂皇的角色不是小丑
哪个翘起的胡须不像螳螂
它在捕蝉时总是忘记黄雀
不绝的哀告和怨诉在荡漾
拍打几千年，抚摸几万年

没人在意石畔上盛开的地黄花
不知那只小小的绿色柳莺
为何默默开放和悄悄飞还

说了太多王朝的庄敬与延续
絮絮叨叨一直走到自己的终点
这比高悬的不落之幕更真实
上苍正笑着，突然肃穆起来
俯瞰小小如蚁的毅然决然
正用自己的铁刺向自己的绸

四

你诱惑一条舢板，长丝如麻
绞缠千辛万苦的攀缘
盐在伤口上洗涤，盐粒汇集
在舌尖，在手指，在咽喉
我看到另一个我伫立一旁
一颗心怦怦乱跳，像窃贼
攥紧双拳，咬紧牙关

我把长长的咸味咽到深处
记住深处的深处，一千个
染上荧粉的亮得刺目的日子
它们与炼狱之火对映的时刻
那些磐石下的小蓟叶子
那些散落在碎末下的花粉
那些梦见花和小溪的蜜蜂
那些折断复又爬起的树木
一条又长又冷的洞穴尽头
有一簇永远不能挨近的炭火
噼噼啪啪的燃烧顺着岩壁
一丝丝爬啊爬啊，又一次次跌落
摔成碎片，化为一团萤火
把光明送达每一个角落
在每一朵幽暗的小花跟前停留

把沉沉的云母从眼上移开
眼蒙里有娇嫩的水，有清纯的
影像在活动，讲述微小的往事
这是每个人都有的欣悦
是春天送来的热情洋溢的杏花
是沙岗上飞窜的小蜥蜴的兄弟

人走向陌路，心锁在狱中
在最黑的囚困中，在不醒之夜
将自己裹起，将唯一的肉躯供奉

打碎的颗粒将不可还原
剥下的一瓣既已离开
投入逝水和龙须菜的领地
走向一去不返的远游，走向
淤塞沉淀和数不胜数的
冲积土和沙子，成为修筑宫阙的
原材，在块垒和缝隙里找到
不属于任何人的时间和永恒

我苦寻自己的时候，我的
蓝鲸一样的丰硕和感激
为你浣纱似的水波而倾倒
为你的吞食而心仪和奉献
在赤色和粉色的辉煌大殿中
享受和赞颂无与伦比的盛隆

我们离开吧，离开这座孤岩
这颗上苍遗落的小小沙粒

我们回临淄，去那个必经的街口
进入那座无从言说的古城

第十五章　闻韶处[1]

一

两千年后你将变为一棵银杏树
站在古老的街头，看秋天
一片垂首默立的石头牌坊
几只恭敬而不再低语的灰鸽
褪色的天空一大早开始下垂
远天流云一会儿舒展一会儿
发出断断续续的歌吟，如同
水流一样推拥，俯冲而来
像瓦檐浪那样耸立和急退
留下吱吱作响的泡沫在破碎

在一个灯火通明的浅夜
你终能进入外国宾客的包厢

1　1920 年《临淄县志》载：清嘉庆时，于城东枣园村掘地得古碑，上书“孔子闻韶处”。

稍远一点坐了年轻的国王
紫色丝绒大幕沉沉低垂
除了压低的咳嗽再无一丝杂响
满场人吓坏了，静寂吓人
不敢吱声，等待宝盒打开
一个无形的精灵在半空飘扬
在头顶打旋，撒下一点什么
又迅疾飞回台上，化作磷光

高髻盛装的少女送来热毛巾
国王和王后低咳，擦擦脸
吱吱嘎嘎的滑轮响起来
（这轮子该修了）大幕徐徐拉开
耀眼的烛群辉映彩衣闪闪
比海豚和无鳞鱼更滑腻的绸缎
清一色的长腿女子和俊美少年
一个个簇新水亮，气宇轩昂
脸庞灿灿，女子妖冶男子英爽
一排高悬的编钟和垂挂的磬
大大小小的红鼓，钹和锣
手持横笛和长箫的少女
玩弄异样物件的小厮们

在叠成三层的合唱队前边
摆出一道眼花缭乱的饕餮豪宴

那个黑衣人眼角真长，嘴瘪着
只向台下一人媚笑，抬起手
断然一挥，山洪暴发，全场
翻卷狂涌的海浪冲荡而来
巨浪之后又是轻柔的抚摸
暖夏之水浅不及膝，前俯后仰
在慌促中凝神收思，捕捉
那由远而近的悄语和回响

二

你伸出的两手生成银杏叶片
喧哗盈耳三月不知肉味[2]
那瓶辣酱装满了鲁国的黄昏
钵中鱼羹洇出诱人的腥咸

---

2 “子在齐闻《韶》，三月不知肉味。”（《论语·述而》）

年纪大了，束脩[3]嚼不动了
窗前堆满懒惰的浮云

回想临淄翩翩起舞的长腿鹤
男人架鹰，妇人养鹦鹉
这些鸟儿全都操着齐东莱语
越是粗鄙越是说得流畅
周王朝在鸟语里崩塌
或早或晚走向消亡

韶乐是东夷人的别样诉说
掺杂冶铁炉和桑园的私语
像经纬一样织进华美的锦帛
陶醉的王公和肥美酸臭的
贵妇，永远嗅不出也看不到
冷剑与华宴通常远离“仁”
更不是“义”与“爱”的近邻
谁能从那堂皇之声的源头
听到悲哀的交响和凄凉的长吟

---

3 束脩，一束干肉，古代拜师见面礼。“自行束脩以上，吾未尝无诲焉。”（《论语·述而》）

君王的虚荣与不可抵御的
曼妙舞步，步步惊心

大大小小排列的黑色器皿
将低语和尖叫密封于古老的块垒
在凝结的琥珀色液体里
淡水鱼不再游动，张开的鳍
挂满星月隆冬的银屑和冰
听，凌晨驿道铃声孤绝
悬停的黑影就像落脚的风
东夷的网在移动，在收紧
欲望的猎手遇到史前的鱼
疲惫的老鹰遭逢张满的弓

这片旷野上有什么在滋生
闪闪跳跳的灯盏花正等待
一道辙痕重新磨得灼热发亮
微薄的心灵总是平淡和善
它们是养活苍生的黍米[4]和水
它们在忍受中淋湿叶鞘和籽

4　黍米，文献记载莱夷人不仅善种黍，而且还是最早种植水稻的族群。

它们在阴雨和霉变中酿造

它们自己不会饮用也不会醉

它们靠饮者留下姓名

三

又是一道丝绒大幕徐徐拉开

又是璀璨星光和眩晕的舞台[5]

努力复制地宫中发掘的奢华

唯恐对不起死去的贵胄王公

辱没那些穷奢极欲的情怀

吃奶的劲儿都用上了，所有

像样的艺术家都倾心尽力

每个人都怀着鱼死网破的决绝

再现一场盛世的证明，呈上

祖辈就有的气势磅礴与和声

娇滴滴的小人儿蹑手蹑脚

5　经过十多年发掘研究，在 2004 年 9 月首届“中国·临淄国际齐文化旅游节”开幕式上，“齐韶”得以复原重现。

走到纵横交织的金色丝弦和
叮叮当当的古怪悬挂物跟前
伸出小锤轻轻地敲呀敲呀

这是怀念的夜晚，古都的大餐
只有临淄城才有这样的机缘
一个人掐腰站起，走上高台
握了握乐队指挥的手，又在
怀抱鲜花的歌手身边停留
耳语，幽默，妇人羞得弯下腰
全场都为这一刻感到自豪
为今夕痴狂，赞叹出土文物
修复者的不二之功，是他们
让千年鱼女尽情扭动

今夜不知叠起多少丝绸
不知劳伤多少蚕宝宝
多少春蚕到死丝方尽
多少桑园从茂长到凋零
割尽乌丝，只为难忘今宵

我恨不能将一切搬到地窟中

与七个无与伦比的乐手
奏响千弦万磬，撞破世纪钟
倾听和享用的是一颗大地之心
是一个正在安睡的尊贵美神
此处才有最深最厚的夜幕
有炼狱之火致盲的光明
我们赤身敲击，直到击破
发出震裂地壳的呼鸣
敲啊敲啊，汗雨浇泼
灌溉八棵日渐枯萎的玉米
敲啊敲啊，八个人死而后已

四

你指引我重返恢宏的厅堂
急速穿过火的皱褶和阴影
脸庞上再次吹拂盐粒和风
你是一座四方游走的山峦
你在蓝色地平线上永不搁浅
你是我们的居所和母亲
你是除了慈爱一无所有的蓝鲸

你为我们砍伐丛林和刺藤
你教我们劈开重重危崖和峡谷
你是浩瀚大洋的另一个时辰

我们进入这片淼淼世界
从头洗涤沾满浮尘的心
伏在窗前，看神灵怎样播种星星
让陈旧的种子开出小小的花
让紫黑色的火花羞涩地伸展
再小心翼翼地移上松软的泥土
火的花一定结出火的种子
它们将在北方的冻土上播撒

我不再诉说，我累了，跟上
你踏向天际的宏阔步伐
按住胸前那串抖动的音符
灼热的结局就放在路口
那里不能驻足，那里有席卷的
一场奢华的洪流，它源于地下
它将间歇性喷发，瞬间淹没万物

第十六章　梦中的沙岗

一

汐后，一匹荒原狼能婴儿乎[1]
蜷伏草枕，喃喃自语
打量焦黄的面包和一线微光
看餐布上的水渍洇成一片汪洋
追赶的喧声在一早消散
单调的蛙鸣被藻叶吸走
一只手不知何时插入深水
在惋叹中采摘沉睡的香蒲

还记得那场轰轰烈烈的模拟
微眯的双眼和热烈的管风琴
轻俏的小鹿和透明的婚纱
迟疑地走向一个牧者，他用
金属小环套住了她，半张嘴巴

---

1 “专气致柔，能婴儿乎？”（老子《道德经》）

露出初生小驹的一溜小牙
吐出若有若无的一声轻叹
包含上苍的赞许和彼此的誓言

一个流浪儿苦苦求索的美梦
半生的挣脱，最后的盘点
苦旅之后的归宿和服从，从此
掘饮汩汩不绝的清沙流泉
泥土与根的依偎意味着蓓蕾
繁复的层叠和窒息的香馥

二

一道深重的阴影，嗜血之须
沾满恐怖和欲望的颗粒
丛林猞猁幽深野性的眼色
映出酷烈的深渊之火，呼叫
湮灭在无须未来的现在
七兄弟随我而至，攀岩的手
凸起的瘢痂和累累筋脉
从火到火，从嘶嚎到嘶嚎

紧追一匹熊熊燃烧的骏马

我们紧闭双眼，两耳生风
记住猎猎火舌中亡灵的话
万里长驱只为找到那座老城
见证坍塌的夯土和歃血之盟
取走那把失去华鞘的宝剑
一路不见绿洲，遍地烽烟

我们在这座沙岗上挖出贝壳
里面的水还在，仍旧甘甜
这是老狗獾埋藏的一杯酒
是取自隔世的续命之泉
是千古流转的一个梦幻
含泪饮下，用它医治胆怯和遗忘
驱除夜路上的严霜和冷战

“那座庄园的大半被惩罚者
取走，你用遗留的全部
赎回一颗心，一片荒芜沙原
谁都不敢接受这样的馈赠
这不是一次等值的交换”

“也许这八个一千零一夜
旷世无价，抵得上十座庄园”

沙岗上的山楂树不离不弃
苍老的额头围满记忆的白花
每一朵都在讲述那个中秋
每条枝丫都是伸出的热手
老人诉说冬天的风雪和枯冷
发疯的枭鸟怎样拆除岗下的茅棚
那只陶罐怎样破裂，洁白的沙
怎样浇泼红色的沥青

三

重挖淤湖，植下阔叶红枫
每一片瓦砾都是破碎的心
每一棵莎草都是我的亲人
我爱蜻蜓和小螺蛳
我爱黑枕黄鹂和怯怯的狐狸
邀它在未经批准的小路上试步
一绺灰色的头发让我匍匐在地

奋力开掘，掬起沙里的泪滴

紧抿的嘴角掩去心底的惊悸
两手指沾满盐末的七兄弟
剃度复又萌发，磕痕格外清晰
你将大朵颜料按上画布
你像一个渔人那样生猛粗粝
不负盛春不畏严冬，八只长桅
日夜奏响千里奔突的海风

入夜，旋转的碟片开始宣叙
一次次华彩叠起，簇拥和推升
在高处悬停，滑落出一个圆弧
就像春天苞朵初绽之形
几乎止息的一丝间歇之后
轰然突奔，无可遏止的激越
他们从秋末编织的蒲团上
一跃而起，拥住大把阳光

夜海敛起若有若无的呼吸
气息如丝，那么悠长那么柔细
在缀满钻石的液态的天空

我看到了压低的母亲的目色

四

盲兄弟一遍遍抚摸大树刀疤
按住拴过骏马的那个枝丫
脚下是撒过谷草的地方
蹄痕还在，深陷的白沙还在

月圆之夜的甜饼和自酿酒
与女主人的笑声一起摆上木桌
密织的山楂叶屏息等待
那个顶着繁星上路的男子
我独自忍住，一个人去沙岗
捕捉磕哒磕哒的马蹄声
一切皆无，漫长的约会结束了

女主人斟满李子酒
拍打八尊滚热的石头，石头
一饮而尽，石隙生出根须
根须在波浪中荡漾洗涤

就像海葵和野麦草，就像
黝黑的海面上那片起舞的水母

我们又到了讲述的时间
婴儿等待饲喂，黄口一一张开
亮晶晶的乳牙和漆黑的稚目
翕动的长睫和荡漾的深湖
伴奏的是丝丝缕缕的乐声，它们
由低到高，一阵阵叠起和推升

三个盲兄弟口中喃喃，伸手
在高处绘出一个苞朵的弧形
又是静寂和止息的一丝悬停
窗扉轰然洞开，生鲜的海角大风
拍断锚链，瞬间溢满船舱

我和七兄弟紧紧相拥
双脚，死死扣住狂颠的甲板

2020 年 11 月 13 日—2021 年 3 月 16 日一稿于济南
2021 年 6 月 6 日二稿于济南
2021 年 7 月 8 日三稿于万松浦